JN219659

白泉社

Takashi Natsume

夏目

なつめ

なつめ

漱石集

こゝろ

漱石
Takashi Natsume

夏目漱石全集

＊目次＊

I　序の章

II　破の章

Ⅲ　急の章

歌集　ちいさな

装幀　next door design
　　　東海林かつこ
　　　表紙イラスト
　　　AndreyOldZ / PIXTA（背景）
　　　chicofool / PIXTA（気球）

Ⅰ　序の章

ひらけじま

にをひそめ読む五味太郎をはんなるあいうえおはけをしすせんそう

あしおはけのにまりおはけひけおはけにるはしおはけせんというおはけ

ちはやふるかみよもきかぬ北の国けんけんがくがく年あらため

呪文なる願ひ込めつつひらけじま味つけ気ままをしすせそはや

をはあれどしつめないここすみやかにせんというまをにくををめむが

読みきかすまじまじじじまの灰ひとり命をつはふるものとにそ知れ

閉ぢをるる世界こはとの暗き闇ちちんぷいふい呪文なけかく

皆うたふ世界はまるい嘘はんと和平あるあるあるまじろ読む

世界はひとつならぬやみそか争ひを収むる呪言のふやけどあな

世に広くる諺ひ果てのちまり木と夏炉冬扇のおもひ苦しむ

土掘りて埋むるいくたり悲しみのこいくたび連鎖とをれず

ひらけじま和平をめざす皆ひとの言霊ふはりみたまのふゆ

あいうえおはけ

こゑだして読む五味太郎をほんなるあいうえおはけかきくけにんや

ゆけおはけらふそくおはけみみおはけふうせんおはけせんそうおはけ

あかねさすむらさき燃ゆる北の国けんけんがうがうまた冬越えて

呪文なるちから侍まむひらひらけシま争ひ止むる手筈かなはず

読みきかすまじいまじいまふあそらしの赤子ねがくる明るむ未来

ふりむけば敵せまり来るひた舞れ逃げこむべにうを案みゐて

白うを案みて穴を出でくりす明るむ未来ひらかむがため

暗き穴あなじろるなゆめあるまにうまるまり仲よしくよしうゑ笑と

誘ひを禁むる呪言ささやけばひたに恋ほしも和をもつ世界

世に云くるる六日の菖蒲十日の菊こころ通はぬおもひ苦しも

意地と意地ぶつかる音のはげしくてけぶるいのちの散る動画あり

ひらけシま和平ねがくる皆ひとの終末の呪文になるやならぬや

完き壁や…

バカの壁・ベルリンの壁の壁に穴、　戦闘やある。覗けばそこに

壁の中をはしる水脈、　耳に知る兆候やある。破裂にむけて

東西の分断・左右の亀裂経て幸福やある。　壁なす果てに

バカの壁・知的好奇に深浅の透惑やある。　思案のままに

安部公房『壁』の一話の不条理に実存やある。　不安を越えて

「壁の穴」和風パスタの発祥店・妙案やある。　和平スパなど

かべポスター・ボケの永見の漫才に爆笑やある。　切れ美やかに

「まどろまぬ壁にも人を見つるかな」正夢やある。　春の終はりに

「壁」といふ十六画の真名の文字、衝立やある。　土を固めて

「壁」と「璧」似て非なるもの完・璧に真実やある。　理想求めて

「レミング」は壁抜け男のものがたり障得やある。　透過の果てに

「壁」失せて隣りの隣りのまた隣り羨望やある。　知らぬが仲に

万両の赤き実つめて笛に撃つエアソフトガン軽くはあらず

カプセルに赤き実あまたねぢ込みて笛に打ちあぐ花火のごとく

ミサイルと呼ばるるくンを打ちあげて侃侃諤諤　劍に刃向かふ

「目には目を」専守防衛為をむとす喧喧囂囂　くンを弄らせ

くンと剣いづれが強きヘミングウェイ『A Farewell to Arms』を読みし十七歳

落ちくれば火球のごとし魂きはるいのち奪くるもの虚しき

ミサイルの角度・くさぐさ・衝撃波・かくかく縦ゆ横ゆ・何処ゆ？

縦からか横からか細きミサイルの角度かくかくしかがあまた

大空ゆ降りくるグラート。BM21旧ソ連武ロケットランチャー

『For Whom the Bell Tolls』やも空ゆ降るロケット流星のごとく尾を曳く

鐘の音の鳴る町を恋ふ空ゆ降るロケットあまたの建物うがつ

「梅干し」を「ボシ」と呼びたるをみなごの母子・墓誌あはれ　鳥つどふ町

赤い鳥あかき実喰らふあかあかと染まるゆふぐれ安穏ならず

白い鳥しろき実食めばしろき糞まき散らしたり戦禍の街に

青い鳥しあはせ運ぶものがたりチルチル満ちる散るいのち取り

文部省唱歌厭くる『赤い鳥』鈴木三重吉・教訓を拒否す

童謡と唱歌の相違。譬ふれば真白きノート・なぞれるノート

願ひごと込めて打ち上ぐ紙風船　黒田三郎さびしからむに

落ちて来しミサイルを撃つミサイルの命中率のみ話題と為す……な

わらくうたいうえうゑをいうたにありうたよそうしみるかがみなるうた

赤き実

万両の赤き実を掌に握りしめをみなら諷ふダーチョキパーの唄

指さきに赤き実のまみ瀬をはやみ岩にせかるる世界を憂ふ

てのひらに血の色うつりうつせみの悲しみ湧けば叫ぶをみなら

グーあまた苗にかざして戰ひの狼煙となさむ撃ちてしやまむ

右の手をグーに左手パーにしてぶつけたるとき鈍き音する

右の手をグーに左手チョキにして戦車走らす砲塔二本

かの日より一年過ぐし ぐうの音もあげえざる意地と意地の戦ひ

平和とはピースピースのチョキの型 握りこぶしにいつも勝てない（『家族の肖像』）

掲げたる握りこぶしに撃ち勝つは何なりや？否 なーんにも＊＊＊

武力（BU力）とは無力（MU力）の謂かBとM グラートと呼ぶあらゆるふるふる

軍事力平気兵器の抑止力 かくかくしかじか撃ちてしやまむ

白い地に赤き実ひとつ押しこみてをみならはれ喰らふ弁当

死してなほ挑発の種まきやまぬ寺山修司『日の丸』の果て

権力の雨

二〇一八年六月　史上初の米朝首脳会談

握手して不敵なる笑み。歩み寄り、ふたつ並ぶを　怖れこそすれ

独裁者ふたり、語らふ　真昼間の忖度ランチ、デザートは何？

駆け引きを為し、睦まじく。ぶらさげた人参　かたみに隠す。プライド

不吉なる予兆のごとし。持ち札のカード切るたび、鳴る　協和音

ためらひて切る　独裁の札いくつ。覇者なりや、他人（ひと）の進言きかぬ

会談の結実（みのり）、さびしきゆふまぐれ。なほ権力の雨　降りやまぬ

たましひのすとんとゆかにころがるにひろふものなきよのつねをしる

ころがれるたましひのあとたどりゆきせかほろほすいとぐちをしる

きみのめにうつれるひかりたましひのをのふたまたにわかるるをしる

二〇一八年七月　死刑執行

かつて世を　覆したる七人の、魂（たま）うはばふ日ぞ。サラダ記念日

みづからを語らず、さらす首　ひとつ。男（を）の死にざまを認むるなゆめ

権力のごとしや降り、洗脳　ならばこそ。罪は罪、死して償（こ）ふなゆめ

ベトナムに使命感もて渡りたる沢田教一　生きて戻らず

其のいのち刻む仕事か死してなほ「写真」残れる戦場カメラマン

現実を否、真実を語る「写真」。敵味方なる分けへだてなく

妻サタに弱音また愚痴こぼしつつも寡黙なり沢田教一の取材

戦火より逃げんと川に飛び込める母子（ははこ）の写真「安全への逃避」

脅えたる眼にてカメラを見据うる子・笑顔ふりまく子らに救はる

最前線めざすとかたる教一の青森なまり友ら和ます

沢田教一（サハタケウテイチ）は寺山修司（テラヤマシウジ）の友。将来のゆめ語りあふ高校時代

寺山の絶筆「墓場まで何マイル？」。沢田にも触れ、死を宣言す

母に聞くかの日の記憶。朝まだき空襲警報その恐ろしさ

夏の朝わがふるさとの空たかくミサイル越ゆ。かの日のごとく

唐突に鳴るアラートに驚きて動けぬ身体（からだ）うごかす叔母

核実験くり返すその強がりの果て　誰（た）がために鐘は鳴るやも

沢田・寺山いかに思ふや。きな臭きいまの世界のこの有りさまを

庭にたたずむ　　二〇一七年　夏

竹槍を磨かん。われら庭に立ち、有事おもへば日本国民

美しく愛しき日本。大いなる槍　弓なりのを庭、越えたる

警報(アラート)の鳴りひびく朝。ひきだしの防災頭巾かぶる子らは

空越えて消ゆるはアトム、科学の子。否いな北のミサイルなりき

逃げまどふかの日の記憶。わが母の防空頭巾ぶかぶかなりき

庭隅に祖父の掘りたる防空壕、逃げ込むを待つ。暗き口あけ

あの夏の閃光(ひかり)　ドン　あまた人間(ひと)の影。小さき男(を)の子と太った男

国策にしたがふ庶民(たみ)の庭の石、削れと謂はる。円くあらねば

スポーツに必要なるは克つこころ、ひたに鍛くん。朝日浴びつつ

愛国のこころ示さな。熱おびて斉唱ひびく、耳朶にこだます

千代八千代美千代夢千代千代若の「もう帰らうよ」。祖国、日本へ

死にざまをいかに残さん。庭の虫　きのふ鳴きしが　けふは鎮もる

家族ゲーム　　二〇一七年五月

長靴の国めざし発つ家族旅行トランプ持参するを忘れず

睦まじくトランプゲームに興ずるは家族第一主義なる証し

ポーカーに心理戦なる駆けひきを加へ微笑む七人家族

フルハウスより上手なるフォーカード親子げんかの切り札にせむ

長男に暴言の癖やまざればセブンブリッジ苦しくあらむ

長男に常守らるる末弟の気づかひゲームするたびに起つ

トランプに弱肉強食のゲームあり大貧民またの名を大富豪

王様に勝つはジョーカーのみ然ればエロあきらめ貌に苦笑す

山頂にのぼる家族ら七人の話題……花より団子に傾ぐ

自慢げに面舵いっぱい切る兄の晴れ舞台ああ語彙が足りない

忽ちにカジノ法案を可決せしギャンブル依存の日本は冬

換金のやり口めぐるいざこざの絶えなば絶えねながらくはこそ

願ひ出て立ち寄る平和資料館かの男いま何を語るや

平和への架け橋とならむ。その指に折りたる四羽の鶴を放たば

ヒロシマに黒き鞄を抱くきてスピーチをする男の涙

しかるべき時しかるべき場所に向け、しかるべく黒き鞄……開くな

「核のなき世界」を語るその胸に花一輪の慈ひあれかし

降りくるは死をなす光……慈悲心鳥たまゆらぞ鳴く。やがて絶えたり

死神と呼ぶがふさはし。頑張れる少年としてたてる男

ガンバレ型ウラニウム活性弾リトルボーイの初体験はや

人はいまも知らず。被爆国ともし火たゆることなくを……あらな

握りたる手を離さずに語りあふ男ふたりのゆふべヒロシマ

涙なる理由は知らゆな。ハグしたる被爆者の胸裡に浮かびくるもの

核実験反窃国家四面楚歌誘導飛翔体迎撃配備完了！

戦後遠の〜　　二〇一五年　暮れにおもふ

義手義足アコーディオン弾く町角の傷痍軍人われは怖れき

昭和四十年代半ば戦後なる風景いまだ其処此処にあり

日章旗を机上にかかげわが恩師カツコツカツコツ廊下あゆめる

ソノシートかけて楽しむ少年期「ゲゲゲの鬼太郎」熊倉一雄

戦中派水木しげるの逝きたるは霜月の尽。さらば鬼太郎

ジャングルに負傷兵たる水木ゐて麻酔なし左腕切断す

戦争の惨（むご）かたりつつ漫画描（えが）く傷痍軍人水木しげるは

わが国の戦後見るしやお茶碗の風呂に浸かりて目玉の親父

金のため嘘も厭はぬねずみ男いまし日本にあまた蔓延る

カランコロン下駄の音たて近づくは鬼太郎なるや戦死者なるや

原節子・野坂昭如・米朝師みな老いて死す。戦後遠の〜

ゲゲゲのゲ魍魎魑魅の跋扈するこの世にあらな自由にあらな

戦争（たたかひ）の記憶うするる者ふえてねばけまなこの平和ニッポン

あらたしき法案可決する夜半（よは）の議事堂かごめかごめなる鳥

戦争の決断たれが下すやらたらひ回しのはないちもんめ

「回天」を「回転」とおもふ若きらの知識不足を笑ふなよ君

傷つけるな　　「イスラム国」による日本人人質事件

暴力の美しからぬ世にありて何なすべきをやわれら日本人

国家を動かすをとこ激怒す積極的平和主義なる言葉かけて

積極的平和また積極的平和主義　似て非なるやも戦後七十年

ナイフ手に国家を挑発するをとこギョロりと黒きまなこ動かす

恐ろしき武器のひとつか〈動画サイト〉地の果てまでも届く瞬時に

蛮行を止むるすべなし一途なる暴力は神のおきてに副はず

見せしめの無惨ゆるさず灼熱の砂に果てたるいのち口惜し

異教徒を認めずいまだ野蛮なる砂漠の民を蔑すわれは

自爆テロそら恐ろしきその手段ゆるすまじ人を傷つくること

報いには報いもて抗ぐる権力の雨ふりやまず砂漠の町に

虚空より落とすあまたの鉄の塊　罪なき人ら傷つけるな

神を怨まず誰を恨むや人を怨まず何を恨むやこの世に生れて

メビウスの帯なりやネット社会とふ無法地帯にヒトは蠢く

商売になる種えらび報道機関これでもかとの報道を為す

さるすべり　二〇一四年　夏

むし暑き昭和八十九年・夏　父の墓前に昭和をおもふ

夕昏るる寺庭に白きさるすべり墓原にあまた精霊とんぼ

わが父の誕生日・昭和天皇の生誕日・われの結婚記念日

敗戦を知りし日の父、十四歳にて「樺太防衛軍」の軍属なりき

戦後六十九年目の夏？？？？集団的自衛権行使容認の夏

「切れ目なき安全保障」といふ言葉やさしくあまくうめ〜誰ぞ彼れ

雲ひとつなき彼のあした。気がつけば「ピカッ、ドン」……黒き雨ふる

「ピカドンの日」と呼びし男。修学旅行の平和講演、言葉重たし

少年とをとこ飛び降りたる空の深さをおもふ戦争をおもふ

首相きて昨年と大同小異なる原稿読みぬ雨のヒロシマ

忘れられざる恩師がひとり。左足、引きずり被爆の瞬間を語りぬ

「町中にさるすべり紅く咲きゐし」と語る師のこゑやや震くをり

叔母の影くつきり写りこむ塀の陰に隠れて師は生きのびぬ

結婚後「子は生さざる」と師の言葉　小学生のわれら理解らず

古書店にてわれの買ひたる一冊の『原爆詩集』……峠三吉

手書きなるガリ版刷りの復刻版『原爆詩集』こころ打たるる

「にんげんをかくせ」「くいわをかくせ」……詩を繰り返し読む夏の夜

吉永小百合こゑ麗しく朗読すヒロシマ・ナガサキ・フクシマの詩を

限定的空爆あるを知りしのち風にほろほろ散るさるすべり

夏の花うるはしく咲くにつぽんの空にふたたび爆音要らぬ

Ⅱ　破の章

まあだだよ　　コロナ四季二〇二二・春～夏

あかさたな・あかさか・あさはか・あからさま・あんしん・あんぜん・あまり・あ・かるい

繰りかくすひとりごちなる「あ」の言葉　むなしく響く。彼方(アナタ)見つむる

場当たり的すつたもんだの改変の大・運動会　いまし開かる

中止なり！小中高の運動会・修学旅行の思ひ出……ああ、晴れ

晴れと藪の違ひやいかに？藪のコロナ・晴れの運動会に圧(オ)されて

為されたり。玉虫色の決着のかずかず……闇を切り裂く花火

華やかさ纏(マト)ひてあゆむ選手団。晴れがましきに違和感ますます

国民に勇気あたふる運動会　応援を為む。こを忍ばせて

感染対策バブルの晴れ間・権力の雨降りそそぐ。何ごともなく……

たましひを込めたる言の葉、聴けぬ夏。晴れならいいね！日本(ニッポン)ガンバレ

もういいかい？まあだだよ！てふこゑのして誰(タ)そ彼(カ)れコロナ感染者・殖ゆ

危機管理隙間だらけのまつりごと罪きをべにく。強きを助け

笑ふほかなしケセラセラ？感染者あまた待機になすすべもなく……

ゼロコロナ・アフターコロナ・ウイズコロナ意地はりやまず転ぶが負えっ？

わらぐうた・にんにんちちきちき・にんちちきちき・疫病(エキビョウ)の夏のすゑを逝かむとす

打ちあがる花火　いくたびＷＡを成せば踊らむ。ララ夢を叶へむ

演舞する白き男の目の細さ　未来を見つむ。カッと見開く

鎮魂のねがひの深さ　コロナ禍の〈過現未〉おもふ。演舞なる果て

あいうえお順に行進　とてちてた。あめゆじゆとてちてけんじやの行進

宙に舞ふドローンあまた編隊をなしてイマジン。地球の未来

あまりある・あまねく・あまたのあいさつのあはれ。あめふるなかのあいさい

ユーモラス・ピクトグラムのパフォーマー　言葉要らずる。優しさに満つ

願ひもて灯す聖なる火のあかり　未来照らすや。勢ひを増す

こんこんちきちん・誘ひの鉦のお囃子のこんこんちきちん・疫病封ずる

暑き夏、雨多き夏、オリ・パラの夏ゆき過ぎて感染者・減る

感染者激減！国内安堵感！疫病退散！効果覿面！

もうろうからし・もうろうことばーてふてふをのして彼は誰けふは逝出為さむか

もうええかい？・まあだだよ、否もうええよー……童謡（わらべうた）流る。辻占のごと

幼子のうたふ童謡「こんこきつねこん」秋されば早（はや）、鎮まらむとす

幼子のうたふ「迷子の子猫ちゃん」おうちゃいづこ・コロナ禍のすゑ

なむあみだ・なむめうほふれん・なむさんや？疫病（エキビャウ）しづまる。呪言（じゅごん）の果てに

コロナ禍に「激おこぷんぷん丸」殖えてギャル語復活せよ。秋の暮れ

「まじおこ」に「鳥語（とりご）」を加へむ。まつりごと　舌先三寸の公約……為せば

キャッシュレス決済・推奨デジタル化・抑止なし得ず。システムダウン

コロナ禍にリモートワーク・オンライン拡がる。肩身の狭さ……ますます

スマホ画像ふかく蔓延るこの日ごろ。「デジカメ」過去の遺産なるやも

「デジカメ」と「出歯亀」一字の違ひにて覗く相手の良し悪しに拠る

われ祖父（おほぢ）・花咲かす爺（じい）・5G　「スマホ」手にもて枯木に花を

渇望す。枯木に花を咲かす爺（じい）。コロナ荒れのいまの世にこそ

まつりごと・待つ間・幕切れ・見まく欲る・蒔く種・撒く灰・間に合ふままに

咲かせやせう一ひと肌脱げば金四郎。さくら吹雪の世直しからむ

春のことぶれ　　　コロナ四季二〇二一・冬〜春

「狼が来たぞ！」ふたたび童謡（わらべうた）の流るる夕べ春のことぶれ

繰り返すそらごとあまた。流るる言葉 真偽の対象と為す

感染者増加傾向・超加速・蔓延防止等重点措置・発令！

感染源・多種多様にて狼の匂ひただよふ春のあけぼの

春されどうつきもきもさらき感染者ふえてしまひ黄なる蠟梅

菜の花の名前はなあに黄に染まる野辺の三昧けぶりたちたつ

国境をてふてふ越ゆる昼下がり花から花く気の向くままに

花の蜜いづれの国も甘くしてはなののののはな異ならなくに

花の色うつろくはまた季のめぐり春らんまんの国ゆはるかに

国さかひ県さかひ否せやさかひ境あらそひ虚しきものを

桜咲く美（は）しき日本にコロナ減りセンサウ忍び寄る春の暮れ

さつりくのくつのつまままきまままきまきいくわめんにうつるきちくのしままやつ
みさるきがさるしらさるのかはうらにみるぶうちんけすのきはみなるかは
たまさかるをといわがものはるめぐりけすのきはみになりはしてある

シベリアに抑留されし大叔父の死を知る戦闘、激化する朝

— 43 —

和ヲモッテ

夏の夜にあがる花火の美しさニッポンチャチャチャ！東京五輪

創作か模倣か白熱する論議かの世の修司苦笑ひして

都合よく憲法解釈を変ふる国いまだ民度の低さあやぶむ

唯一の被爆国なるこの国の憲法九条。矜持なりしが

耳もとにささやく言葉「コクミンハイフワクモルワシガマモル」

「平らなる和」と書く言葉「和ヲモッテ貴シトナス」ものならずやも

積極的平和ならずも独裁的強行採決の果てに見ゆるは

政党名連呼する声ふたつあり微妙なる距離たもつ候補者

政党の旗立てて政策かたる声ひたぶるこころわれは与せず

舌二枚持つが政治の常にして無党派層を煽る烈しく

握手する手に汗きらり候補者の必死なる眼に本音を読みぬ

差しだせる手のひら宙に残されて候補者苦々しき顔を見す

マイク持ち来る声だす候補者のうすき化粧のほほゑみあはれ

選挙権若きらが行使する時代あらたしき波寄せくるを待つ

死者のこゑ

雲の湧くかなた空くの道しるべ秋津とびとぶ三昧場まで

父の顔いな友の貌ゆらりふはり姿変くつつ雲・七変化

三昧場四枚五枚と数ふれば一枚足らぬわが人生は

草いきれむんむんむんさらさら昼下がり土中ゆ響む死者たちのこゑ

この岸とかの岸むすぶまほろしの川ありふいに誘はれむとす

かの岸に幻ゆる人影おいでおいでうしろの正面だあれ

この岸に波寄るたびに聴かせやせうわが玉の緒の来し方ゆくすゑ

かの岸にわたる猪牙舟おつなもの粋なものいな還らざるもの

この岸に愛しむ女男のまぐはひのかごめかごめの成れの果てはや

かの岸に籠目かごめの鳥のこゑ鬼と化すはかなきかなしみの

この岸にこゑ鳴く朝のまぐはひのいついつ終はるつるかめ消る

かの岸に群るる亡者の怨むこゑわが屍を拾ふものなく

この岸に鉦うちならす南無阿弥陀をどりねんぶつあな陽気なる

線香のひとすぢ向かふひとところ喧喧囂囂あらがふや死者

甲高く死者たちのこゑ飛び交ひて侃侃諤諤ひたぶるなりき

死者のこゑまぞまぞらいに脳裡きてくらくらくらく友ならなくに

死者のこゑあな世の常に抗ひてわがままきままにまがさし

まがさすにまがままがしきをまにうけてままよままにまにままなるままに

雲の湧くかなた空くの澪つくしたどりてゆけばおくつきどころ

おくつ雲いういういうのへきに流されて何処くゆかむや川渡らむや

うたがたり

くさむらに鳴く虫の音にはだされて踊りだしたる魂ふたつ

ふはふはと浮かれきみなる魂ふたつすすきケ原をひたにさまよふ

宵闇に浮かびて消ゆるおもかげのうたがたりああさびしからんに

地に足をしかとつけ聴くうたがたり汝がおもかげは身にせまるもせず

恋ふるがに甘く優しきと五調しらぶる随意ふいに響かふ

ゆくりなく死者たちつどふ墓の辺に喜怒哀楽の調巻くゆふべ

死者たちの怒り浮きたつ夕まぐれかんかんがくがく憤然たりき

死者たちの笑ひ飛び交ふ夕まぐれ此れの世なくて虚仮なるを知る

秋の日のつるべ落としに見うしなふうしろ姿の魂ふたつ

まんまろき月影さやか中秋に死者たち唄ふ青春の歌

そろそろと歩むくらがり中秋の月よりほかに輝てるものもなく

美しき青春などと呼ぶなかれ彼の日のわれら艦櫻まとくば

でんでんむしの唄

あぢさゐの葉のうへを這ふかたつむり口をつぐみて片目をつむり

エスカルゴ蝸牛マイマイかたつむりでんでんむしつぶりはてのナメクヂ

でんでんむしを殻より抜きて丸呑みす喘息もちの効なこゝろみ

丸呑みも黒焼きもよしかたつむり民間療法あてにはならぬ

ゆつくりとあゆむ姿の麗しさでんでんむしむしむしする民意

でんでんむしにあらぬ姿のなめくぢら殻なきことを恥ぢらひてをせず

みなづきの雨に濡れつつでんでんむしの這ひたる跡にのこる粘液

聴く耳をもたぬでんでんむしこゝろ処のゆくすゑを知らず出すやりあらず

見るまい聴くまい否言ふまいといふマイマイの野望渦巻くはてしもあらず

陸に生れ土の上に死すでんでんむしは海鳴り知らぬままの生きざま

角出して争ふ蝸牛こゝろざしあまねくあはく右に渦巻く

あぢさゐに降る雨の音かそけくでんでんむしの唄うたふたそがれ

ランドセル肩にくひこむ通学路、貸本屋あり。交差点横

貸本屋そのなつかしき名を呼ぶはわが少年期まぼろしに顕(た)つ

弘前市新寺町のゆふまぐれ。「耳なし芳一」背中(せな)向けて立つ

玻璃窓に尻ひき締まる芳一のポスターひかる。夕陽反射す

背中(せなか)・腰(こし)・御尻(おしり)・右足(みぎあし)・左足(ひだりあし)・心経(しんぎやう)の文字くろく蠢(うごめ)く

わづかなる小遣(こづかひ)に差(さ)り借りにゆく。「耳なし芳一」「黄金(わうごん)バット」

証して耳を切り取る理不尽さ。幼(をさな)ごころにかなしみの湧く

自転車の荷台に箱をくくり付け、ふいに現はる。紙芝居屋は

漢(はな)垂らし紙芝居見る少年期。駄菓子もとめてわれら、群れなす

大(おほ)き襟、黒きマントに身をつつむ「謎の超人」嚠喨と来(き)つ

声色(こわいろ)の凄み加はり高笑ひ。「黄金バット」のはじまりはじまり

英雄(ヒーロー)の代名詞なり。金色(きんいろ)の骸骨(りんどきを)、かつての昭和ニッポン

平成の後(のち)の世ふいに現はれて世直しをせよ。「黄金バット」

「また明日(あす)」と打ち切られたる紙芝居。バット追ひかけ、隣町まで

新元号

　食卓にししやも三尾が並びて仲良きけなり平成のすゑ

　街ゆけばどこか浮き足だつ気分。あの娘に愛を告ぐる前夜の

　じくじくと虫歯のうづく真夜中は新元号の予想して寝る

　新しき元号「令和」。霊園のさくら舞ひ散る道にて知りぬ

　ふと浮かぶ言の葉「例は」。額縁にをさまる文字の礼儀正しさ

　平成の始まり、かの日は日曜日。小雨模様に喪服濡れつつ

　天皇にまつはる記憶。平成の初め自粛のムード満ちたり

　新年会を中止と為せり。九日の始業式後は喪に服せとや

　かの日よりひとむかし吾ふたむかし越えてみむかし「時代」廻りぬ

　何がなし親しみの湧く新天皇。同学年のゆゑなりやいなや

　商売に手抜かりは無く「令和」なる商品つぎつぎとネット賑はす

　今宵月をひとり眺むる気分もて嫁ぎゆきたる娘にメール打つ

林業の村

杣山に枝うつ音の絶えてより人こしらせぬ村のさびしさ

道に沿ひ並みたつ家の九割がた人住まずあり草のはびこる

この村に其のかみ住める杣人の生計なす山すさび果てたり

村びとの各もおのもの心はく今はむかしの語り草なす

日だまりに九十の翁ひもすがら目つむり座るゆたかなる村

ゆるゆると片づけはじむ夕ぐれに寺の鐘鳴り杣人あまた

歌うたひ土手道あゆむ子らのこゑ宵闇せまる村明かりなす

林業に村ぞ栄ゆる杣人ら集ふ赤ちやうちんのまぶしさ

名も知らぬ演歌の女かの夏の公民館に拍手やまざる

雪降れば馬ひく橇の音のして村の昼どき身の引き締まる

馬のひく橇に二本の丸太載せ雪道くだる鈴鳴らしつつ

大正のすゑ北の地に渡りきて林業管理をなせるわが祖父

Ⅲ　熊の章

「ハツチいのち」に応ふ

……ハツチは一ノ関忠人氏が装着するペースメーカーの呼び名である

たまきはるいのちの果てのハツチなり HEART を喰らはば舐めよ皿まで

若き日の「千両」あれはハツの群れあはれムラムラむらさきを垂れ

病室の窓より見ゆるもみぢ葉の燃ゆれはあかきいのちの証し

病廊を歩む隠者のゆくすゑやいかにゆらゆら頭陀袋さげ

お見舞ひの桃の実あまた投げつけて越ゆる日を待つ黄泉平坂

やむを得ぬ黄泉戸喫を諾くは刈田の果てに雨降りの山

目覚むれは窓ゆひかりの射すあしたまだ生きてゐるハツチ息つく

看護師にひた隠したるこころ根の弱さ運命論は信じぬ

かぐはしく香る柊ゆく秋のさゝやぎし相模散歩する道

秋の陽をさらさら浴びてブランコのかすかに揺るる市民公園

ブランコに揺られて歌ふ「ゴンドラの唄」に秘めたりいのちの意味を

「ゴンドラの唄」しんみりと聴くゆふべ「恋せよハツチ」いのちの限り

ふつふつと懺悔の鬼あれてハツチを誘ふ言葉たくみに

アメ色の空ゆくスクスク笑ふこゑ囁きのこゑいのち狙ふや

退治せよ有相無相の鬼たちを刃むけたるまま老いてゆけ

あれは何あれは綺羅星亡くなりし人らまたたく天のまほらま

山茶花のあかき花びら散りほふに道ゆく人ら気にとめず過ぐ

みつまたの花好みたるかの人の息絶え絶えに横たはる日日

この世からおさらばさらばさらさらに未練失恋笑はば笑へ

このいのちおほくに託すハツチはや共に歩まむ胸躍らせて

なほ震る国（十二）　　―フクシマ・八戸・三沢を歩く―

迷路なすひまはり畑にはしやぐ子を平成末の夏逝かむとす

ほろほろと道に降りつむ百日紅その色褪せぬ花のすがしさ

夏草に埋もるる町に復興のトラックいまだ行き交ひやまず

猛暑なる被災地ここはフクシマの海沿ひいまだ復興ならず

八戸線「鮫」とふ駅に降り立てばオブジェなる鮫　道路に口開く

「うみねこの繁殖地」として知られをり国指定天然記念物の「蕪島」

寄る波にうみねこ躍る「蕪島」の真昼・砂浜・人の影なし

この浜にかつて津波の来たること否おそひたる事実を忘れず

浸水高は海抜四・一米　昭和八年三月の津波に

東日本大震災の浸水高　海抜五・三米と刻まる

いざ行かむ津波おそくる三沢漁港「寺山記念館」に寄る前にこそ

引き潮の発生告ぐる「防災無線」繰り返されしと記録書にあり

世情

SNSその利便さに闇ありて人間を人間とも思はぬ輩（やから）

SNSその陰湿さ金銭（カネ）金銭（カネ）のつながりのみを求み顔見せぬ

SNSその連繋（ツナガリ）の複雑さ縦（タテ）ヨコ横（ヨコ）テ斜（ナナメ）めはあらぬ

バイトにはあらざる博打SNS安直あんちよこ虎の巻めき

安易（タヤスク）く強盗（ガウタウ）と化すゆふまぐれガラス割（ト）る盗（ヌス）る五里霧中なる

バリバリと硝子を砕く音させてわがものマスク強盗団の

「殺すぞ」と叫ぶ男の顔みればガイ・フォークスと呼ばるるマスク

車にて逃ぐる男ら大衆の面前なるに躊躇（タメラ）ひもなく

捨て駒と化して為したる代償の膨らむばかり十代なれば

汗みづを流さず得たる金銭（カネ）にあれば汚銭（ヲセニ）と呼ぶが相応しほんに

「ガチャ」と呼ぶスラングに潜む若者の価値観あらはあれ外れの

「親ガチャ」と嘆く子どもの顔を見れば戦後日本（ニッポン）の貧（ヒ）の香ぞする

運不運ひたくり返す世の常を「親ガチャ」「子ガチャ」と呼ぶはさびしゑ

いつしらに「子供支援」といふ言葉　錦の御旗が正義の味方

虐待を受けて育ちし救く子のこころにわれの入る隙間（スキマ）はなく

親にだに愛されなくに人肌のやはき輩（ヤカラ）に愛情を求むる子

ガチャなるを誘（イザナ）りとおもふ救く子の意気地（イキヂ）あるさま見習はむとす

AI（エーアイ）にこころ奪はれ世は情（サケ）なくればからくれなゐのいのち尽くる日

AI（エーアイ）にこころ費やす世情（セジャウ）なれはからくれなゐの世に情（サ）けなく

針おとしレコードを聴くゆふまぐれ抱（イダ）かれて寝む雑（ザツ）なる音に

アイテム

ゲーム世代・スマホ依存の若者に「戦争」といふ項目あたふ

ニッポンの若きらビンと来すなりて戦後遥の〳〵「戦争」の惨

若者の思考回路に在りたるは武器と呼ぶ道具なるらし

「美シイ朝焼ケノヤウ」鮮血に染まるスマホの画面見つむる

「想ひみよ交通事故の直後なるアスファルトの上のどす黒き血を」

「戦争ハ殺シアフコト知ツテマス」ベトナム籍の女生徒云くり

「戦争」に現実感の薄きこと然なり然れども然すがに……現代生きよ

平成の終はり近づき黄泉がくるゾンビのごとく〳〵「教育勅語」

ゆゑ知らぬ暗誦や無意味？ いな有意？ 無垢なる者に為すがたくらみ？

権力を笠に着て佇つ政治家の自己保身なる「言に萌ゆ

善きことも悪しきも宣ぶる「言の神のまにまにこの国や在る

教育の根方に性善説ありきいまやまほろしまほろはやまと

あしはらのみづほのくにのうるはしのおもひやりこころしくきものを

誇らしく弓なりに散るさくら花みづみづしきの枯渇する国家

さくら舞ふ木の下闇に身をひそめ虎視眈々とねらふ鬼あり

シジミ貝一晩水に浸け置けば〈石垣りん〉の叫ぶ声する

住き処なし造ひ詰められて崖の上いまし悔やめど余能奈可年奈之

宥和なる言葉うるはし人と人 国と国との架け橋ならば

叛逆罪となる祖国あり上意下達指揮命令に逆らへば即刻

身を護るための撤退こゝろうるはし言の葉散らし美談なす国

おろか

ある日ある時あるべきならぬ侵攻のあるがままに始まるおろか

憎しみに安らぎなくば人間のおろかさ醜さ嗚呼くだらなさ

好むとも好まざるともセンサウは他人事ならず。この日の本も

メイレイに従はざれば粛清の対象なるやも……独裁国家

粛正か？いな粛清か？独裁の恐怖に耐ふる国びと……嗚呼、はれ

砂けぶり画面に映るニュース見て家を出て来ぬ。暗澹として

バクダンが降つてくるやも。ボクの町キミの町にもいつか……けぶやも

子や孫の世代に遺す憎しみの高ふえゆけば安穏ならず

「洗脳」と呼ぶ大魔王。ラテン語の「プロパガンダ」に見えかくれする

「プロパガンダ」＝悪魔の言葉。「宣伝」と「暗伝」似てゐて非なるものやも

「アジテーション」＝扇動といふ誘惑のひとつやふたつセンサウに栄ゆ

うつせゑわ叫ぶをんなの澄まし顔「正しさ」「愚かさ」見せつけやまぬ

殴つたりするのは邪道。突きつけて言葉の銃を撃つのぞマナー

攻むるにも愛を！いのちのやり取りに嘘いつはりの満つれば吾し

コロナ報道

新型コロナウイルス蔓延・外出自粛・緊急事態宣言発令！

新型インフルエンザ等対策特措法・第45条第2項・要請！

密閉密集密接・回避・三密加持・身密口密意密・密教！

集団感染（クラスター）・感染経路不明者数・増加傾向・時時刻刻！

厚労省集団感染対策班・感染拡大防止策・隔離！

新規感染退院者数・棒グラフ・感染症対策専門家会議！

厚労省新型コロナ対策本部・専門家分析・提言・建言！

感染源・感染経路不明確・病床増加・従事者不足！

PCR検査・陽性率未詳・濃厚接触者・自宅隔離！

テレワーク・オンライン授業・ステイホーム・百家争鳴・カタカナ増加！

自粛要請・自粛警察・自暴自棄・自力更生・自家撞着！

休業指示・特定警戒都道府県・緊急事態宣言延長！

*

*

*

ゑまひのにほひ

はれわたるれいわのあさのしたしさにねむるみどりごつつじのかをり

ざぶとんにえいじだいのじふかねむりときをりぴくりかひなうごかす

ほそきゆびにぎるみぎのてずらしつつみどりごかろくみるくのみほす

たまきはるいのちのあかしくるくるりくろめまはしてふいにほほゑむ

くもはやくごごいちばんのここちよさねむりいざなふにはにさくふぢ

ふきながしみどりごねむるまひるまをたれてをりふしはためかむとす

むらさきのはなぶさゆれてみどりごのあさきねむりはほのくれなゐに

あはきゆめゑまひのにほひうきいでてまなざしあはれみどりごのおも

あくがるるとほきみらいのはてしなさねむれみどりごなべてわすれて

かげりなきみちゆくちさきうばぐるまあぢさゐいろのふるひるさがり

よひすぎてうまいしなさぬみどりごのこゑしんしんとやみにひびかふ

さよふけてなくとりのこゑみどりごのねむりさますなたれよぶこどり

とつぜんあらわれた

はすすって、きのうすなにあれたるをあきおがこのかきっすきいといきにそやわわけ
ねありるあるあびうりごうこにいさちういっごうごこめるあるこっかままよ
だらあねのははにすがれるあびういこのねありののなにわりのあるせ、
いすっくだこのがまりだにるむすめすとおやばかりばかおあまりのけうこ
しせっなまれくはすむめかくりすらゆみやけりやけってだひめへやか
すせのまくだがねすれたるあこめかりうれひがはおってらるあめけて
っるのまにはるのっちっるんっくしっむほゆきめげづすやなやおおなせ
ひらきはっりるびなめびなのみッにだっねめのかくなしすはままっかり
せっらますこやねくせこのおりかしのおすめらさばせかれにすすらまくう
おすめにはすめのりのなやはりいにやなとめだくすきあおおめやぶんぜれ
まだこのかりこやすめあかりてるままかりかのおすめのびくおあやおとおく
だこがくにっかしるむらろのめめかだのめめめめおすめおのねねすてな
としこのなすめにだわわのめのむこのあおひこはせれてだ
とつくらのまくにはおばのこってらやすめかるおせかにやなだかおねて

あとがき

　学生時代に歌人・岡野弘彦と出会い、歌を作りはじめてから四十二年になる。何度もやめようと思いながらも歌を詠み続けてきたのは、短歌の持つ未練的な側面に魅せられたからである。俳句はそれを断ち切ることに意味があり、短歌はそれを引きずる宿命を持つというのが私の考えだ。第二歌集のあとがきにも記したが、私は歌を作るときの心理状態や環境的な状況によって出来あがる作品の文体が変わる傾向を持つ。文体を統一しなければと苦しんだ時期を経て自然体の自分を基に、それを是としてこの二十五年、歌に関わってきた。この第三歌集に第一歌集『家族の肖像』（元はＡ５判・縦・１ページ二首組）と第二歌集『さらば、白き鳥よ』（Ｂ５判・横長）を私家版復刻（Ｂ５判・横長に統一）として添付することにしたのは、その足跡を明らかにするためである。短歌の世界では通常、一部の歌人を除けばその人の過去の歌集を手に入れることは難しい。まず発行部数が少ないし、ほとんどが市販されない作り方なので世の中に流通しないからである。例えば今回の私の作品に興味を持たれた方がいらしたとしても、以前の二歌集を読むことは難しいのが現状だ。これは私の歌集だけの問題ではなく、短歌の未来にとっても大問題だろう。作品を手軽に共有する一つの試みとして、こんな出版の仕方もあるかなと考え、チャレンジしてみた。

　私の作品は岡野弘彦門下では異端である。しかしこれが私なのだと開き直って歌を詠み続けてきた。私の好きなシンガーソングライターである中島みゆき（彼女の書く詞は文学だ）は「夜会」というコンサートでも演劇でもないステージを「言葉の実験劇場」と呼び、三十年継続してきた。また彼女は詞のテーマや曲調によって歌い方そのものを変えてきた。さらに私の好きな寺山修司も表現を文学以外の様々な分野に展開し、後年は観客も芝居の一部と定義して「演劇実験」を繰り返した。これらを刺激として短歌の伝統を踏まえつつも歌の可能性を探りたいと私は考えた。岡野弘彦がその師の釈迢空について「日本の詩歌の展開を、終生模索し、探求しつづけた」と語ったことを理想とし、私なりに表現的な実験を繰り返した軌跡が三冊の歌集なのである。

『まこと』というタイトルから受ける印象は人によって異なるだろう。ある人は『万葉集』の掉尾を飾る家持の歌また『古事記』を初めとした古典の言葉を思い浮かべるだろうし、ある人は折口信夫(釈迢空)の古代研究や文学発生論の中のそれを想起するだろう。また平仮名二文字を加えた阿久悠作詞・中島みゆき作曲の歌名が出てくる人もいれば、さらに当て字にして「予言」「予事」「余言」「余事」「世事」「代言」などを想定してくださってもよい。平仮名の表音がイメージを喚起し、重層的に展開するのが詩なのだから、読者それぞれのイメージで解釈していただければ大変ありがたい。そして奇数ページごとの作品から読み取れるメッセージをタイトルに反映させていただければなお嬉しい。ご自由に、お気楽に読んでいただけることを願う。この歌集の「序・破・急」という章立ても復刊の軌跡「青年・中年・高年」に重ねていただければ、紆余曲折、四十年かかり三冊セットでやっと一人前に達する歌集なのかもしれない。令和は空前の短歌ブームだという。その作者たちの感想も是非聞いてみたい。

＊

最後になりますが、私を短歌の世界に導いてくださった岡野弘彦先生、本日は百歳のお誕生日です。本当におめでとうございます。先生のお誕生日に、このあとがきを記すことができる幸運に深く感謝いたします。私も九月三日で六十五歳となります。

またこの歌集は、総合誌「短歌研究」誌上の「歌集歌書評」という書評欄を担当させていただいた(令和六年一月号から四月号)ことがご縁となって、短歌研究社に出版をお願いすることになりました。歌集担当の菊池洋美さん、書評担当の関根咲子さん、そして「短歌研究」編集長の國兼秀二さんには本当にお世話になりました。見たこともないスタイルに協力していただき、ありがとうございました。また表紙その他のデザインを担当して下さった東海林かつこさんにも深く感謝いたします。

私家版での復刻に際し、伊藤鑛治さんの第一歌集装幀を使わせていただきました。また第二歌集のために版画を描いてくださった門司さよみさんにも感謝いたします。

令和六年七月七日

裏　　　　　隆

著者略歴

夏目　隆（なつめ・たかし）

昭和 34 年 9 月 3 日、北海道札幌市生まれ。学生時代より岡野弘彦に師事し、岡野主宰の「人」短歌会に所属し作歌を始める。平成 5 年 9 月の「人」解散後は成瀬有を代表とする歌誌「白鳥」で活動する。「白鳥」解散後は同人誌「はるにれ」・「潸」にて活動を継続中。第一歌集は『家族の肖像』（1998）。第二歌集は『さらば、白き鳥よ』（2013）。

検印省略

二〇二四年九月三日　印刷発行

歌集　よしど

定価　本体二〇〇〇円（税別）

著者　夏目　隆　なつめ　たかし
郵便番号一九二—〇八三三
東京都八王子市めじろ台三—三六—二五

発行者　國兼秀二
発行所　短歌研究社
郵便番号一一二—〇〇一三
東京都文京区音羽一—一七—一四
電話〇三—三九四四—四八二二
振替〇〇一九〇—九—二四三七五番
音羽YKビル

印刷　KPSプロダクツ
製本　牧製本

ISBN 978-4-86272-783-1 C0092 ¥2000E
©Takashi Natsume 2024, Printed in Japan